MÉMOIRE

SUR

MOYENS D'ASSAINIR ET D'EMBELLIR

LES

QUARTIERS DE LA RIVE GAUCHE

DE LA VILLE DE PARIS

ET D'Y ATTIRER LA POPULATION

PAR THÉODORE VINCENS.

> Il n'y a de beau que ce qui est grand...
> Les monuments et les grandes choses ne
> peuvent être faits que par une grande na-
> tion.
>
> NAPOLÉON.

En République, tout citoyen est obligé , lorsqu'il croit ses idées utiles à son pays, de les mettre au jour, de les proposer à ses compatriotes si elles peuvent concourir à leur bien-être. La modestie ne doit point entrer en ligne de compte, l'amour seul de la patrie doit nous guider.

Nous venons donc proposer à la ville de Paris, pour concourir à ce noble but, le plan de travaux considérables qu'un grand peuple peut seul exécuter, et qui, s'ils étaient adoptés, aideraient certes la République à sortir des embarras presque inextricables où elle est plongée.

Quel est, en effet, le problème le plus urgent à résoudre de suite?

Il s'agit de trouver immédiatement, aux ouvriers des différentes professions, des travaux utiles, et qui, profitant à l'État, leur soient avantageux.

L'achèvement du Louvre atteindra-t-il ce double but?

Non, disons-nous.

Ces travaux, comme les fortifications, grèveront nos finances d'une dépense énorme, sans profit pour la ville de Paris; concentrés dans une enceinte, ils ne pourront la franchir, et seront sans influence pour les quartiers adjacents.

Nous nous réservons d'en examiner plus loin l'utilité, et de la discuter tout au long.

Nous allons d'abord détailler notre projet, projet beaucoup plus important, qui changerait la face du vieux Paris, embrasserait une vaste zône, et donnerait forcément naissance à une foule d'entreprises particulières.

On sait, que depuis longtemps, le conseil municipal de la Seine s'est occupé des moyens, non-seulement d'attirer la population sur la rive gauche, mais de l'y retenir et d'empêcher les émigrations vers les quartiers neufs au Nord de la capitale. On sait aussi que jusqu'à présent il n'a pas résolu ce difficile problème.

Trois raisons s'y opposaient:

1° Le péage des ponts qui augmentait le prix des loyers et entravait la circulation;

2° Le danger de parcourir le soir des quartiers peu habités, et de franchir deux bras de rivière toujours déserts;

3° L'existence de brouillards très-intenses en hiver sur les bords de la Seine, l'insalubrité et la saleté des rues étroites de la rive gauche, rues par conséquent mal habitées.

La Révolution de Février a fait disparaître la principale cause, en abolissant le péage sur tous les ponts, moins celui du Carrousel, servitude dont le public sera aussi affranchi avant peu, il faut bien l'espérer.

La Ville fera disparaître les autres obstacles en supprimant le bras gauche de la Seine, depuis l'île de la Cité, ou en le réduisant à un canal couvert par une voûte; sur les contreforts de laquelle on pourrait élever des maisons. Nous disons plus loin comment on utiliserait le dessus ou la plate-forme du canal.

Enfin, on tracerait un boulevard commençant *au pont de l'Archevêché* jus-

MONSIEUR,

J'ai l'honneur de vous adresser un Mémoire sur les embellissements de la rive gauche, et les moyens d'y attirer la population.

Je crois avoir résolu ce double problème, qui occupe depuis longtemps le conseil général du département et les propriétaires de la rive gauche.

Ce projet, tout dans leur intérêt, et nullement dans le mien, puisque je ne suis ni propriétaire, ni ingénieur, ni architecte, ni même entrepreneur, m'a été inspiré après un long séjour de ce côté de la rivière, et c'est après expérience que je parle.

Toute la rive gauche est intéressée à l'exécution de ce plan, et surtout le *faubourg Saint-Germain*.

En effet, la tête de cette rive, qui commence au Jardin-des-Plantes, n'est pas digne du faubourg qui la continue.

Les rues intermédiaires, désertes en quelques endroits, sont vieilles, peu aérées, mal habitées, étroites, tortueuses, peu praticables presque partout, et servent de foyer et de refuge à l'insurrection.

Il faut déblayer cette enceinte qui enlaidit le faubourg Saint-Germain, et la relier au commencement de sa rive par une suite de quartiers neufs qui viendront lui rendre la vie et le mouvement et y quadrupler la valeur de propriétés. Il faut que l'on puisse parcourir d'un bout à l'autre ce côté de Paris, par une voie facile et large. Une population élégante, riche, attirée par la beauté et la variété des promenades qui y existent déjà, viendra bientôt peupler ces constructions modernes.

Le gouvernement et les propriétaires sont intéressés à ce que ces grands travaux s'exécutent : le gouvernement, parce qu'il trouverait un emploi pour tous ces bras dangereux, parce qu'ils sont inoccupés ; les propriétaires, parce que la valeur de leurs propriétés, presque nulle aujourd'hui, serait promptement augmentée. Les entrepreneurs y auraient des bénéfices assurés.

Nous croyons que si notre projet était appuyé par les habitants de la rive gauche, le succès en serait assuré.

Nous venons donc, Monsieur, vous prier de lire attentivement ce mémoire, d'y adhérer s'il vous plaisait, et surtout de nous faire part des observations qu'il pourrait vous suggérer.

Avant peu, vu le nombre d'adhésions qui nous sont parvenues, il y aura une réunion des intéressés, à laquelle j'espère, Monsieur, que vous voudrez bien assister. Les objections y seront publiquement discutées.

Recevez, Monsieur, mes civilités,

THÉODORE VINCENS,

8, rue Favart.

Paris,   juillet 1848.

P. S. L'auteur du Mémoire est chez lui, tous les jours, de 8 à 10 heures du matin.

qu'au *quai Malaquais*. Il passerait par les rues *des Grands-Degrés, de la Buche-rie, de la Huchette, de Savoie, du Pont-de-Lodi*, et traverserait les rues *Git-le-Cœur, Pavée, des Grands-Augustins, Dauphine, Guénégaud, Mazarine* et *de Seine* ; sa voie se trouve naturellement indiquée jusqu'à la rue Dauphine , il faut seule-ment l'élargir.

Quant à la Cité, il faudrait percer une belle et large rue depuis la *Cathé-drale* jusqu'au *Pont-Neuf*.

L'alignement de cette rue, qui est déjà commencée au numéro 2 et 4 de la rue du *Marché-Neuf*, mettrait à découvert l'hôtel de *la Préfecture de police* et celui de *l'ancienne Cour des Comptes*. Le Palais-de-Justice aurait alors besoin d'une façade du côté du quai des Orfèvres.   •

Entre cette rue, partant de la métropole et du boulevard, construit paral-lèlement de l'autre côté du tunnel, on démolirait toutes les maisons et édifi-ces publics, afin de ne pas nuire à l'ensemble et à l'harmonie du Paris *mo-derne* que l'on élèverait sur ce vaste emplacement , dont les deux tiers deviendraient libres en renversant *le palais de l'Institut, l'hôtel de la Monnaie, le marché de la Vallée* et *l'Hôtel-Dieu*.

A ces coups de marteau, à ces ruines, il nous semble déjà entendre les cris de *haro* qui s'élèvent contre nous ! Les épithètes de fou ! de destructeur ! de Vandale ! nous sont prodiguées. Holà ! citoyens trop conservateurs qui ne voudriez rien déranger, pas même les vieilles bornes, ne vous prononcez pas si vite ; nous allons vous démontrer que les bâtiments que vous voulez sauver de mon marteau sont inutiles, sauf peut-être l'hôtel des Monnaies, qu'ils nuisent à la sécurité des quartiers où l'on voudrait ramener les habi-tants, et qu'ils sont un obstacle à la circulation.

Quel est celui d'entre vous, je vous prie, qui n'hésiterait pas à passer de nuit dans le voisinage de l'Hôtel-Dieu ? N'y court-il pas le risque d'y être impunément égorgé, et nos annales judiciaires ne font-elles pas mention de plus d'un assassinat commis sur le parvis ?

Est-on en sûreté, après minuit, devant le marché de la Vallée, l'hôtel des Monnaies et le palais de l'Institut ?

Y a-t-il de la vie, je vous le demande, près de ces édifices ? L'entrée des rues Mazarine et de Seine ne sera jamais qu'un coupe-gorge, tant qu'elle sera bou-chée par l'Institut, ou qu'on n'en aura pas au moins démoli les deux pavillons.

Et ce retranchement ne sera pas encore suffisant, si l'on veut dégager et aérer ces deux rues, en les faisant déboucher sur le quai. Il suffit pour s'en convaincre d'avoir jeté un coup d'œil sur les lieux. On sera incessamment, et dans tous les cas, obligé de faire subir une mutilation à ce monument, qui, sous le rapport de l'art n'a guère d'importance et en aura bien moins, lorsqu'une partie de sa façade aura disparu, grâce aux exigences de la circulation que ne feront qu'augmenter les évènements contemporains et le développement des chemins de fer.

L'utilité du palais de l'Institut est très-contestable; on peut facilement le remplacer par le *Palais-National*, l'*Élysée Bourbon*, ou *une partie du Louvre*.

Quand on aura sacrifié les deux pavillons, alors le rétrécissement entre l'hôtel des Monnaies et la rivière, frappera et choquera tellement la vue et le bon goût, que l'on sera bien forcé aussi de reculer l'alignement et d'abattre l'hôtel des Monnaies, dont l'emplacement acquèrerait une grande valeur en y construisant des maisons. Le terrain seul où cet édifice est construit, a de l'importance, mais lui-même n'en a aucune comme monument. Sa façade insignifiante a seize mètres de profondeur, les autres corps de logis, si ce n'est celui du fond, n'ont pas d'élévation. On trouverait facilement un autre emplacement pour reconstruire un hôtel des Monnaies.

L'on ferait disparaître du milieu de Paris, un bâtiment spacieux, qui nuit au développement d'un quartier et n'y amène pas un surcroît de consommateurs.

Les mêmes inconvéniens à un plus haut degré se font sentir pour l'Hôtel-Dieu; nulle part, la sécurité des passants n'est plus compromise. Que cet hospice vienne à disparaître, et l'on verra les sales rues qui sont situées sur ses derrières, se convertir en habitations élégantes et aérées, qui donneraient de la vie à ces quartiers livrés à une population de repris de justice, qui en rendent la nuit la fréquentation dangereuse.

A cheval sur la Seine qui le divise en deux corps de logis, le service de cet hôpital doit en souffrir. Les vents d'Ouest qui règnent à Paris presque tout l'hiver et les brouillards toujours extrêmes sur les rivières, nuisent à la guérison des malades trop nombreux dans des bâtiments insuffisants. Combien ne guériraient pas s'ils étaient dans des salles plus élevées, plus vastes, et convenablement exposées, où un air pur circulerait largement. Pourquoi entasser des malades dans un seul et même local? n'est-ce pas favoriser le développement du *typhus*, cette fièvre des hôpitaux qui tue plus d'hommes que la maladie qui les y a amenés. Est-ce pour la commodité des médecins et profeseurs, afin qu'ils aient sous la main un plus grand nombre de sujets, et que leurs études soient plus faciles? Est-ce que jamais des hôpitaux doivent être placés dans le centre d'une grande cité et en amont d'un fleuve qui charrie tous les immondices de la maison qui corrompent l'eau, base de toute alimentation ? Les hôpitaux doivent être situés dans les faubourgs et placés dans des quartiers salubres, où les convalescents aient à leur disposition des jardins en été et de vastes galeries en hiver. N'y aurait-il pas moyen, de créer dans le centre et l'intérieur de la ville des succursales, d'où l'on transporterait les malades après les premiers secours?

La construction de l'hôpital de la République, sur les terrains de l'ancien clos Saint-Lazare, permettra dans deux ans, et plus tôt si l'on y met de l'activité, de supprimer le bâtiment de l'aile gauche. Celui de l'aile droite deviendra naturellement inutile lorsque le travail, garanti par la République aux ouvriers, aura fait disparaître la misère.

Au reste, la population des hôpitaux de Paris devra décroître sensiblement, au moyen des travaux agricoles exécutés dans les départements et dans l'Algérie.

Si ensuite on s'occupe de l'extinction du Paupérisme, et si l'on se décide à envoyer dans nos colonies lointaines les repris de justice, la population habituelle des hôpitaux sera encore diminuée de moitié.

Quant au marché de la Vallée, c'est, sans contredit, de tous les bâtiments dont nous demandons la démolition, le moins utile et le moins bien placé. Il doit se trouver naturellement dans les constructions des nouvelles halles, pour lesquelles la ville de Paris a voté des fonds.

Après avoir suffisamment démontré que la Ville peut et doit consentir au sacrifice des quatre édifices publics dont nous venons de nous occuper, nous pensons que la construction d'un boulevard depuis le pont de l'archevêché jusqu'au quai Malaquais et se prolongeant jusqu'au Champ-de-Mars, ne présenterait plus d'obstacles sérieux.

Entre ce boulevard et la rue qui serait tracée depuis Notre-Dame jusqu'au Pont-Neuf, toutes les maisons seraient expropriées et démolies, et sur ce vaste emplacement s'élèveraient trois magnifiques rues.

Le lit de la rivière entre le Pont-Neuf et le pont des Arts se trouverait naturellement élargi par le tracé du nouveau boulevard, et formerait un bassin de proportions grandioses. La vue y serait agréablement flattée, et l'utile s'y trouverait joint, si l'on voulait, dans l'angle du Pont-Neuf et du quai Conti alors reculé, établir un port.

Faisant face à ce port, dans l'angle tracé par le Pont-Neuf et le boulevard s'élèverait une nouvelle salle d'Opéra digne de la nation française. Cet édifice aurait quatre façades : la principale regardant la Seine, les autres le boulevard neuf, la rue des Grands-Augustins, et la dernière tournée vers le tunnel sur lequel on bâtirait un édifice dont nous parlerons tout-à-l'heure. Séparé de toutes constructions attenantes, on pourrait donner à l'Opéra le caractère tout à la fois élégant et sévère qu'exige sa destination, et faire de cette salle un des modèles du genre.

Sur le tunnel on construirait un nouveau *Palais-National* avec jardin et bains publics. Sa façade principale s'étendrait sur la même ligne que celle de l'Opéra, faisant face à la rivière, et l'une d'elle lui ferait en retour vis-à-vis sur l'emplacement du quai actuel.

Sur le terre-plein du Pont-Neuf, au lieu de la statue d'Henri IV, dont la place est au Louvre, s'élèverait une colonne en souvenir de la Révolution de Février.

Le plan de ces trois monuments serait le sujet d'un concours entre les architectes français et étrangers.

Un élégant pont de fer, pour les piétons, relierait la rive droite au nouveau Paris, à la hauteur des rues du Harlai et Berlin-Poirée.

Les rues Pavée, Gît-le-Cœur et des Grands-Augustins seraient élargies et prolongées jusqu'à la rue de l'École-de-Médecine.

Même opération pour les rues de la Harpe et Saint-Jacques, jusqu'à la rue Racine, qui conduit droit à l'Odéon et au Luxembourg.

Les nouvelles constructions seraient élégantes, bien aérées. Les cours en seraient plus spacieuses que celles d'aujourd'hui ; les loges des portiers, plus saines, n'enverraient plus leur population mourir aux hospices.

Il serait établi une machine hydraulique, d'un aspect sévère et monumental, en tête de l'île Notre-Dame, pour fournir de l'eau dans toutes les maisons et à tous les étages. Elles seraient chauffées par des calorifères ou par la vapeur. Les pauvres qui les habiteraient ne seraient plus exposés à mourir de froid.

Et qu'à côté d'une question d'humanité, il me soit permis d'en élever une d'intérêt général. Ce mode de chauffage adopté dans les villes, sauvera nos forêts d'une destruction prochaine.

Les propriétaires des maisons à démolir, seraient expropriés d'après la valeur qu'elles avaient avant le 24 février ; ils ne pourraient prétendre à la plus value que l'exécution de notre plan donnerait à leur terrain.

Voici maintenant le quart d'heure de Rabelais arrivé.

On nous demandera comment seront payés ces immenses travaux ?

Eh ! mon Dieu ! par un moyen fort simple qu'il faudra bien que la République finisse par décréter pour raviver l'industrie, développer l'agriculture, source de toutes richesses, remédier à la rareté des capitaux et à l'impuissance actuelle du crédit.

En créant, au nom et pour le compte de la ville de Paris, un papier-monnaie qui aurait un cours légal et forcé pour la valeur des 4/5mes des travaux exécutés.

Ainsi, si les travaux s'élevaient à 120 millions, il ne serait émis que pour 96 millions de papier-monnaie. Les autres 24 millions seraient avancés par l'État et remboursés en fin de compte par la Ville, sur le produit de la vente des maisons. Comme les travaux auraient une durée de cinq ans, ce ne serait donc que 4,800,000 fr. que l'État aurait à avancer par année.

Quand la Ville vendrait les maisons, les acheteurs seraient tenus de les payer avec le papier-monnaie qui aurait servi à l'achat des terrains, aux travaux et aux constructions, et ce papier serait détruit au fur et à mesure des rentrées.

La Ville n'aurait pas à se presser de revendre, puisqu'elle toucherait le revenu des maisons construites et qu'elle n'aurait mis en circulation qu'un papier-monnaie, auquel ne serait affecté aucun intérêt. Cependant il serait bon de ne pas trop retarder la liquidation de cette entreprise, afin de prouver au public que l'émission du papier-monnaie, appliqué à des travaux bien conçus et donnant une plus-value sur le capital dépensé, a plus de valeur pour la société, que le numéraire employé à des travaux morts ou improductifs, comme le sont les fortifications de Paris, et comme il en serait de l'achèvement du Louvre que nous devons renvoyer à des temps plus heureux.

Il faut habituer les masses à bien comprendre l'importance d'un papier-monnaie, reposant sur une donnée certaine, sur des valeurs réelles et bien plus vraies que l'or et l'argent, qui n'ont que l'avantage d'un transport facile et qui ne sont après tout qu'une valeur de convention.

S'il y avait autour de Paris des marais à dessécher, des landes à défricher, des canaux d'irrigation à creuser, nous dirions : occupons-nous de préférence de ces travaux, dirigeons nos forces vers les campagnes, diminuons le trop plein des villes pour l'amener dans nos plaines abandonnées, *et nous aurions plus tôt réalisé le problème de la vie à bon marché ;* mais comme il s'agit d'apporter un prompt soulagement aux souffrances des ouvriers, mais comme il faut leur donner immédiatement des travaux, et des travaux utiles, mais comme il faut ranimer partout la confiance et l'industrie, je crois que mon projet est le meilleur topique à employer, parce qu'il renferme toutes les conditions d'utilité et de viabilité, parce qu'on peut l'exécuter *tout de suite* sans abuser de nos ressources qui ne sont restreintes, que parce qu'on n'ose attaquer de front les obstacles.

Si la ville de Paris ne veut pas lutter la première contre les préjugés et l'ignorance des plus simples questions de finances, quant à l'usage du papier-monnaie, qu'elle concède à la Banque de France le produit des travaux exécutés, moyennant un capital que la Banque serait autorisée, par un décret spécial, à émettre en billets.

Les travaux étant, nous supposons, de 120 millions, le Gouvernement autoriserait la Banque à faire une émission en papier de 120 millions, et lui abandonnerait le produit de la vente des constructions, jusqu'à concurrence des sommes avancées et de la commission qui lui serait allouée.

Dans le cas où la Ville opèrerait elle-même avec son papier-monnaie, ce papier, nous l'avons déjà dit, serait éteint au fur et à mesure de sa rentrée. Il en serait de même pour la Banque.

Les améliorations que nous proposons dans l'intérieur des nouvelles maisons, les feraient, sans aucun doute, rechercher, à cause de la proximité du Palais-de-Justice, par les hommes de loi, par les avocats, la magistrature. Le Palais-National, bâti sur le même terrain, l'Opéra, construit à l'angle du boulevard y attireraient une foule de marchands de toutes sortes, bijoutiers, orfèvres, etc.

Paris n'aurait pas de quartier plus élégant et plus sain, et la foule croissante des étrangers, attirés dans la capitale, se partagerait au moins entre la rive droite et cette ville nouvelle.

Placé entre le Palais-de-Justice, la Sainte—Chapelle qui va être rendue au culte, l'hôtel de la Préfecture de police, la Cathédrale, l'église Saint-Séverin, à peu de distance de l'Hôtel-de-Ville, borné au Midi par le Jardin-des-Plantes et le chemin de fer d'Orléans, de Bordeaux et de Nantes et par celui de Lyon à l'Est, ayant en face le jardin du Luxembourg, à sa droite celui des Tuileries, appuyé à gauche par un boulevard de plus d'une lieue, se dirigeant par les quais ombragés d'arbres vers les Champs-Élysées, ce quartier réunirait à lui seul les avantages que l'on ne rencontre qu'épars dans les autres et dans le centre de Paris, et apporterait aux deux rives la vie et le mouvement. Les chemins de fer y amèneraient de toutes parts les étrangers qui rayonneraient de ce point dans toute la ville.

Toutes les rues étroites et tortueuses, obscures et malsaines qui touchent à la rivière, seraient promptement remplacées par des voies larges, sûres et commodes.

Si Paris est la Capitale de la France, son point central, Paris aussi doit avoir son point central, d'où s'élanceraient ses mille caprices, besoins et plaisirs, portant la vie à ses extrémités les plus éloignées.

L'opération que nous soumettons aujourd'hui à la ville de Paris ne peut que lui être profitable; je ne veux pas parler d'un résultat immédiat que tout le monde apprécie, celui d'employer cette masse d'ouvriers sans ouvrage, dont le pain doit être assuré dans l'intérêt de tous.

Je ne veux pas dire l'influence de l'exemple que donnerait Paris, par la reprise des travaux de bâtiments; exemple suivi aussitôt sur tous les points de la ville et de la France par les entreprises particulières. Mais le lendemain même du décret qui en autoriserait l'exécution, vous verriez les magasins se rouvrir, ceux d'utilité comme ceux de luxe, la confiance renaître, les capitaux venir s'offrir en masse, *parce que l'on pourrait se passer d'eux;* les partis s'annihiler, et tout cela ne serait que le résultat d'un travail suivi d'un avantage assuré pour tous.

Mais il faut que l'œuvre soit faite dans son ensemble, dans son unité; elle ne souffre pas de division. NAPOLÉON, dont l'opinion est certes une autorité, disait : *Que le grand seul est beau.* Il n'aimait pas les morcellements, les travaux partiels, faits à demi, recommencés à plusieurs fois; ce qui manque d'ensemble n'a ni vigueur ni majesté; cela sent la lésine. Les grandes opérations seules réussissent; le provisoire ne vaut jamais rien, pas plus en politique qu'en finances.

On veut ramener la vie dans la rive gauche, mais il fallait le faire sans attaquer l'existence de la rive droite, et nous sommes convaincu après de sérieuses et longues études, que notre plan remplit toutes ces exigences.

Quelles sont les objections sérieuses que l'on pourrait nous faire?

Est-ce l'argent qui manque?

Notre papier-monnaie, créé soit par la ville de Paris, soit par la Banque, repose sur des garanties immobilières réelles, auxquelles rien ne peut ôter une valeur qui, dans dix ans, sera décuplée.

Serait-ce que nous renversons d'un trait de plume trop de *prétendus* monumens?

L'Hôtel-Dieu, le marché de la Vallée, l'hôtel même des Monnaies, n'ont pas

2

la prétention d'être, pensons-nous, ni des monumens historiques, ni précieux sous le rapport de l'art.

Si nous voulions enregistrer tous ceux dont l'art a la perte à déplorer, notre liste serait trop longue.

Voudrait-on ne pas supprimer le bras gauche de la Seine ?

Mais nous ne le supprimons pas, nous en faisons seulement un tunnel. Nous entrons en plein dans le projet que l'on exécute maintenant. Vous le canalisez ; donc vous en avez reconnu l'inutilité, vous le condamnez, en un mot.

L'été, ce bras, filet d'eau, ne porte que quelques tristes bateaux de lessiveuses, et infecte de ses miasmes délétères les quartiers environnants. L'hiver, trop grossi par les eaux, il ne permet pas aux bateaux de passer sous les ponts.

La rive droite suffira toujours à la navigation de Paris, déjà restreinte par les chemins de fer, et qui le sera davantage de jour en jour.

Quant à la difficulté du remontage, est-ce que l'on ne peut pas utiliser, pour le bras droit, la force que met à votre disposition la machine à vapeur dont nous proposons la construction à la tête de l'île Notre-Dame ?

Le bras gauche continuera de recevoir les égouts de sa rive, servira de déversoir au trop-plein des eaux de la rivière en amont ; il aura les avantages qu'il pouvait offrir, sans en avoir les inconvéniens.

Nous n'avons pas la prétention de croire que l'ensemble des travaux que nous proposons, soit parfait dans toute son étendue, et qu'il n'y ait rien à changer dans les détails ; mais nous sommes convaincu de l'utilité du projet en lui-même, et que de son importance, comme de son unité, dépend le succès.

Mais nous l'affirmons, et c'est un républicain qui le dit, que si NAPOLÉON vivait, son génie comprendrait ce plan, sinon dans ses détails, du moins dans son ensemble : il comprendrait que : ce n'est que par un grand effort qu'on peut changer la face du vieux Paris. Les convulsions sociales nous ont donné la République. Il faut aussi pour embellir Paris une convulsion, mais conduite par la volonté du bien-être et de l'utilité de tous.

Si Napoléon n'est plus pour conduire le navire de l'Etat, si sa vaste intelligence ne peut plus nous diriger, nous avons en échange une RÉPUBLIQUE ; nous avons donc mieux : ce n'est plus la volonté d'un homme, mais le concours de toutes les capacités qui amèneront le travail et le bonheur.

Appel est fait à toutes les intelligences d'élite.

Espérons que notre projet, dicté par le plus pur patriotisme et le plus parfait désintéressement, trouvera un appui auprès des citoyens éminents qui représentent la Nation.

Ils savent que tout doit être grand dans Paris, et que pour en faire la capitale du monde, il ne doit pas être administré comme le pot-au-feu d'un bourgeois.

———◆◆◆———

Nous terminions ce mémoire, lorsque nous avons appris que la ville de Paris a décidé le prolongement de la rue de Rivoli jusqu'à celle Saint-Antoine.

Nous contestons l'utilité de cette mesure, et ce en peu de lignes.

Déclarons d'abord que notre projet n'existant pas, nous nous serions toujours opposé à ce prolongement, dont nous ne comprenons pas l'utilité dans l'intérêt commun.

Nous y trouvons de grands inconvénients, et peu de résultats avantageux.

Les quais établissent déjà une voie de communication entre le faubourg Saint-Antoine et l'extrémité opposée de Paris.

La rue Saint-Honoré, depuis la barrière du Roule jusqu'aux Halles, offre encore une ligne presque droite, qui, par les rues de la Verrerie, de Bercy et du Roi-de-Sicile, conduit à la Bastille.

Voilà donc deux lignes presque parallèles entre lesquelles on voudrait en établir une troisième, dans une largeur de 300 mètres.

Où est l'utilité ?

Nous comprendrions mieux qu'on reliât tout de suite, la rue Saint-Honoré par la rue des Lombards, qu'on élargirait, et par la rue de la Reynie, qui n'est pas à proprement parler une rue, aux rues de la Verrerie, de Bercy, du Roi-de-Sicile, qu'on élargirait également, et par lesquelles il serait facile d'ouvrir un large débouché dans la rue Saint-Antoine.

N'avons-nous pas la rue de Rambuteau, qui débouche sur le boulevard Saint-Antoine par la rue du Pas-de-la-Mule, en continuant par les rues de Paradis et des Francs-Bourgeois?

La ruine de la rue Saint-Honoré est presque certaine ; c'est toute une population commerçante qui se trouverait ruinée si elle n'abandonnait pas les propriétaires pour se transporter dans le prolongement de la rue de Rivoli, les maisons resteraient alors veuves de leurs habitants.

Donc, ruine pour les commerçants ou les propriétaires.

Continuons la rue de Rivoli jusqu'à l'Oratoire, préparons les travaux d'achèvement du Louvre, déblayons les cloaques que l'on appelle rue de la Bibliothèque, rue Pierre-l'Escot, etc., etc.; mais réfléchissons aux prix d'expropriation des maisons à démolir pour le prolongement de cette rue jusqu'à la Bastille.

Le prix des terrains à acquérir sur la rive droite, peut-il se comparer à ceux de la rive gauche ? Avec la même somme, on achètera trois fois plus de maisons, et dans un but bien autrement utile.

Si vous tenez à un plan qui date de plus d'un siècle, vous n'augmentez pas la vie d'un quartier déjà trop populeux, et vous attirez encore la population de la rive gauche, dont vous ruinez tout-à-fait les propriétaires.

N'est-ce pas faire le contraire de ce que vous vous proposiez, lorsque vous recherchiez, disiez-vous, les moyens de maintenir la population sur la rive gauche.

Nous croyons l'exécution de notre plan plus urgente et moins dispendieuse dans ses proportions qui semblent gigantesques, et quoique le chiffre de nos travaux soit plus élevé. Nous y trouverons d'abord chaque année, au fur et à mesure de leur achèvement, un revenu assuré et un amortissement des capitaux engagés.

Nous donnons la vie à un quartier déshérité, et, d'un autre côté, vous ruinez propriétaires ou marchands.

Notre boulevard se trouve naturellement tracé depuis le pont de l'Archevêché jusqu'à la rue Dauphine. Si l'on veut épargner quelque chose, on peut, à la rigueur, ne démolir que la façade de l'hôtel des Monnaies et les deux pavillons de l'Institut. Le dôme reste alors dans l'alignement du quai Malaquais, et notre boulevard peut se terminer à la barrière de la Cunette, et porter la vie dans des quartiers déserts.

Nous avons dit, quelques lignes plus haut, que la continuation de la rue de Rivoli était une idée déjà ancienne.

En effet, elle date de Louis XIV. Successivement adoptée par ses successeurs, elle n'a jamais été mise à exécution, parce qu'un plan rationnel, dans le Paris du grand roi, ne pouvait convenir au nôtre.

Paris n'était pas ce qu'il est aujourd'hui. La berge de la Seine , cloaque où les voitures enfonçaient dans la boue, n'était pas carrossable en hiver, et les piétons couraient risque de se noyer dans une rivière dont des quais ne défendaient pas les abords.

Les boulevards étaient des remparts entourés de fossés, et ne pouvaient servir de voie de communication entre les Tuileries et la porte Saint-Antoine.

Restait un dédale de petites rues , où les embarras ne permettaient pas facilement le transport des grosses marchandises.

Aujourd'hui, jugez de la différence.

Nous prions le citoyen Ministre des travaux publics, le citoyen Maire de Paris, et les citoyens membres du Conseil municipal, d'examiner sérieusement notre projet, et ce le plus tôt possible, parce que les travaux des quais devraient être suspendus, si notre plan pouvait être admis.

Nous le répéterons, rien que l'intérêt de tous, ne nous a inspiré , et nos vœux, comme nos veilles, appartiendront toujours au bonheur de tous.

Paris, le 15 juin 1848.

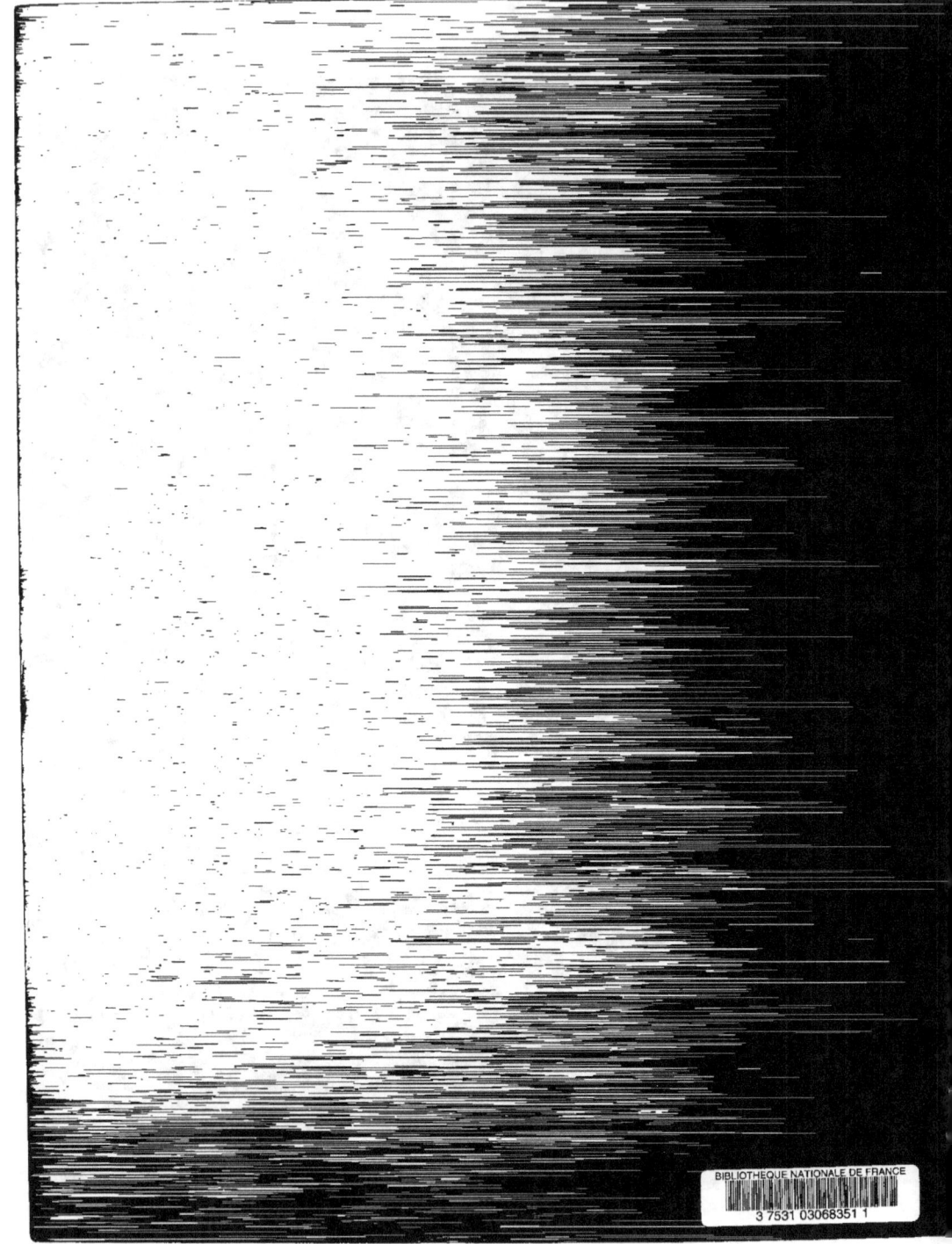

www.ingramcontent.com/pod-product-compliance
Lightning Source LLC
Chambersburg PA
CBHW061413170626
46811CB00005B/1973